모든 불안은 밤으로부터 왔다

청춘문고

목차

2부

3부

작가의 말

그간 수많은 생각이 줄지어 반듯한 평행선 위로 쓰여졌다. 뜻하지 않게 통으로 잘려나간 문장에 가슴이 쓰려 짧게는 몇 시간, 길게는 몇 주를 집요한 놈들로부터 시달렸고 기억해내려 공들일수록 결국 아귀가 안 맞는 궤짝이 되어 내게 돌아왔다. 헐벗은 채로 조각난 나를 하나둘 거두어 고이 맞추니 잘려나간 것치고는 제법 그럴싸한 글이 되었다. 또 다른 의미의 감격이 밀려왔다. 손끝이 시큰했다.

가냘픈 몸으로 여럿의 나를 받아준 네 희생에 진심 어린 감사를 표한다. 20161022 12:15

밤

어둠은 내 눈을 멀게 만들었고 이 작은 집을 가장 잘 알면서도 어둠에 나는 한 발자국도 뗄 수 없다 가장 흠모하는 밤이지만 밤의 실상은 살 떨리는 공포의 참상이다 하얀 밤 12:28, 깃발 꽂힌 뒷산으로 올라 가장 높은 곳에 매달린다 진녹색 솔이 상복을 입으니 머리에 쓴 별빛이 가슴에 단 솔잎이 무색하게 기이하여 시선을 옮긴다 멀리 내 집의 굽은 등이 보인다 소리친다! 인간의 밤보다 까만 낮을 아느냐고! 오랫동안 앓아온 나의 아픔이 보이냐고! 고독과 싸우는 나를 이해하냐고! 희미한 격자창에 반사된 내 몰골에 그대로 쓰러져 설움을 토해낸다 완벽주의자의 그늘에 있기란 그리 쉬운 일이 아니다 어쩌면 밤보다 낮보다 더한, 천국을 입은 지옥이다 밤을 대하는 나의 자세는 언제나 낮다 지금은 그냥 나풀나풀 춤을 추고 싶다 매일 꾸는 꿈

속에 매일 찾아오는 작은 나비처럼 지금은 그냥 나풀나풀 춤을 추고 싶다

1부

문득

밤이다
네가 떠난 그날 밤이다
문득 떠오르는 밤이다

꽃 점

사랑한다.
안 한다
한다.
안 한다
한다.
안 한다
한다.
안 한다.

못 한다.

너는 떠났고
나만 남았다.

정원에 핀 꽃을 꺾어 점을 친다

정성스레 가꾼 나의 정원의 꽃들은
왜 하나같이 전부 다 잎이 짝수로 피어난 건지

꽃잎만 세고 있으니
황홀했던 정원은 황량한 가시밭이 되었고
달이 비치는 밤이면
옅게 지는 그림자가 다시금 너의 부재를 각
인시킨다

참 처량하기도 하다

날카롭게 뻗은 가지와 줄기들이
서늘한 밤바람에 검게 휘청이다

나에게 착 달라붙어 사정없이 할퀸다
배려심 없는 그 몸짓에 생채기가 났다
마음에

뚝
뚝
뚝.

선홍색의 원망이 떨어진다
우선 급한 대로 입으로 틀어막는다

쉽게 멎으면 그게 사랑일까?

이내 곧 그리움이 더 세차게 쏟아져 내려
바닥에 꽂힌다
알 수 없는 이별을 정리하기란 그리 쉬운 일이 아
니다
생각만큼 아프다
생각보다 훨씬 더 아프더라

온 정원이 검붉게 물들었고
너 역시 아직 내게 깊이 물들어있다

생명을 돌보는 것이 이렇게나 어렵다
나를 대하는 너 역시 그랬을까?

너는 떠났고
나만 남았다.

철의 절물

아무런 거리낌 없이 다가온다 그 검은 날갯짓이 살아있는 것인지 유심히 관찰해야 할 정도로 고요하여 위화감이 없다 오래도록 지켜온 곳인가 잠시 머무는 곳인가 구름 타고 노니는 무리가 안개 따라 붐빈다 모습을 드러냈다 감췄다를 반복하기를 수차례, 꽤 요란스레 울어댄다 사랑하는 연인을 부른다고 하기엔 그 목소리가 너무 걸걸하여 아마 오래전 제 의지와는 상관없이 이별해야만 했던 먼 고향의 형님을 그리워하는 한이 서린 노랫가락일 것이라 으레 짐작해 본다 어둠이란 말이 무색하리만큼 옅게 진 어둠이 어둡지 않다 오직 서글픈 지저귐만이 비가 쏟아지는 삼나무 숲을 가득 메운다

아연실색

껌껌한 방 안에 퍼지는 빛이 성가셔 애써 텐션을 낮췄다 눈알을 덮쳐오는 뾰족함에 잔뜩 예민해진 곳곳의 신경이 정수리까지 타고 올라와 온몸이 탁한 백색으로 물들었다 이윽고 시선이 방 안 깊은 곳으로 추락했다 멈출 줄 모르는 이 소란에 걱정은커녕 시끄럽지도 않은지 누구 하나 문을 두드리지 않았다
고약스럽게 외로운 방이었다
기약 없이 괴로운 밤이었다

목 백일홍 (타협 그리고 순응)

당신과 나의 친절의 기준은 너무 많이 달라서 우린 곧잘 부딪혔지 나는 때때로 몹시 나쁜 사람이 되어 버렸고 그때마다 내 속에 가둬둔 여러 명의 나와 충돌했지 너에게만큼은 순종해야 했기에 좌절했지 그 현실에 분노했지 그럼에도 불구하고 종종 그리웠지 목격자를 찾습니다

속박을 위하여!

나의 요란했던 하루가 요일이 바뀌는 마지막 1초까지 발악을 해 너에게까지 영향을 끼친 게 아니었기를 바랐다.

내 탓이 아니었기를. 네 탓이 아니었다.

네가 갖는 괜한 자책감은 내게 더 큰 죄책감이 되어 사정없이 나를 짓밟는다. 지금 이 사단은 처음부터 우리가 어떻게 할 수 있는 문제가 아니었다. 나약한 인간에게 선택권은 주어지지 않는다. 우리가 아니었다면 분명 또 다른 누군가에게 충분히 일어날 수 있는 일이다. 불행하게도 조금 일찍- 사실 아주 많이 - 사고에 직면한 우리는 어차피 한 번은 겪어야만 하는 이 일을 겸허하게 받아들이는 편이 신상에 좋다. 그저 이 섬뜩한 소란이, 점점 걷히는 새벽과 함께 빨리 사라지기만을 기다리는 수밖에 없다. 아직도 놈은 이빨을 드러내고 숨죽인 채로 우리 주위를 내내 서성이고 있다. 그르렁대는 숨결이 금방이라도 내 고막을 뚫을 듯이 은밀하고 맹렬하게 속삭인다.

"속박을 위하여! 차가운 그대의 심장에 불꽃과도 같은 입맞춤을."

무기명

나의 밤은 지극히도 주관적이고 외로운 것이며 그 어떠한 순간보다도 많은 생각을 할 수 있는 시간의 연속이다

흐릿해지게

곧 만나자는 너의 말이
이렇게 길어질 줄 알았더라면
그때 나는 너를 잡았을까?
자 봐, 기울어지는 저 날개를

밤 식사

오늘은 못 먹은 저녁을 글로써 채우리다

너무 많이 집어넣어 부대끼면

다시 글을 써 소화시키리다

그렇게 글로 밤을 이어나가고

밤이 밤을 부르면

굶주린 배를 부여잡고 이불 속으로 들어가렵니다

붙박이장

붙박이장에 사는 사람은 붙박이장만 한 크기의, 붙박이장에 관한 글만 쓴다 기껏해야 겨우 고개만 돌릴 수 있을 정도의 비좁은 공간이 세상의 전부인데 그 편협한 공간이 그나마 가장 안전하기에 안심한다 금방이라도 부서질 듯한 나무 문을 열지 못하고 가는 틈새를 통해 수시로 바깥세상을 훔쳐본다 바랜 세월이 역력하지만 아직은 꽤 쓸만한 방패가 있는데 그마저도 시선을 제대로 두지 못한다

—삐걱대는 문은 위험해 낡은 문짝의 거친 살에 긁히면 꽤 아프거든
—평생을 나가지 못한 이유는 전부 다 저 문 때문이야 나의 잘못이 아니라고

누가 말해줬으면 좋겠다 말려줬으면 좋겠다 꺼내줘… 매가리 없는 삶의 종지부를 찍고 싶다 그것 또한 허락되지 않는다면 몇 안 되는 나를 과감히 찢을 수만 있다면

내게는 존재하지 않는 집으로 돌아가는 법

조금은 이른 밤이 내렸고 듣기 좋은 서걱거림에 방 안 가득 몽롱한 기운이 깔린다 밤 안 방 안아, 불안정한 나의 집이여

증명

하루를 짊어진 퇴근길은 무겁다.
무기력함이 극에 달할 때, 나지막이 밤은 찾아오고 비로소 나는 당신의 목에 팔을 두르고 입을 맞출 용기가 생긴다. 당신도 조금은 솔직해질 필요가 있다. 모든 것은 밤이 가려줄 테니 우리는 밤이 주는 애정 속에서 빛을 내면 된다. 비로소 달이 제자리를 찾아가는 시간, 반짝이는 것들이 곳곳에 달라붙어 사방에 달짝지근한 향이 진동을 하고 사고가 몽롱해진다. 윤이 나는 심장을 들여다본다. 고르게 뜀에 감사하고, 그럼에 안심하고, 그제야 위태롭게 떠 있는 눈꺼풀을 내려놓는다. 저 멀리, 생이 아득하다.

퉁퉁 부은 다리 두 짝이 서럽다.
새벽으로부터 꿈속으로 도망친다. 그 어슴푸레한

분주함이 흥분되지만 딱히 달갑지는 않다. 칼칼한 공기가 목구멍부터 온 신경을 자극한다. 결국, 또 살아있음을 절절하게 느낀다. 하루를 짊어질 출근길은 쓸쓸하다. 오늘따라 날이 더욱 차다.

사라지지 마

잠을 청하러 눈을 감았는데
오늘따라 네가 더 보고 싶더구나
너를 멈추려 샤워를 해야겠다 싶어
욕조에 몸을 뉘었는데
머리까지 담갔더니

네가 떠오른다

말려야 하는 것

보잘것없는 몸뚱어리가 눈을 뜨고 그보다 더 보잘것없는 사고에 밤이 내렸을 때, 비가 오는데 옥상에 빨래를 널어두고 그냥 나와버렸다.

자격지심

사람들이 많았다. 인제 그만 와도 되겠다고 마음먹었다. 나의 자리를 빼앗긴 기분이 들어서가 아니라 온전한 내 자리를 지킬 수 없을 것 같았다. 사람들에게 녹아들어 흔적도 없이 사라질 것만 같았다. 쉽게 스며들 수 없는 나의 모난 마음에 화가 났고 그렇게도 나를 내버려 둘 수 없냐고 그에게 화를 냈다. 그마저도 다 부질없다는 것을 깨달았고 가득 찬 화는 그득그득 내 코에 매달려 칭얼댔다. 머리가 띵하고 온몸에 힘이 풀렸다. 단지 그뿐이었다.

짐'만' 되는 건 없다

몇 번이나 들었다 놓기를 반복하다
짐'이' 될까 아쉬움만 챙겨 들고 집을 나선다
-가 없어도 꽤 흥미로웠다

흐린 날의 저녁은
평소보다 조금은 더 한적하다
변기에 앉으니
-가 없어 살짝 허전할 수도 있을 것 같았다

미움 섞인 하루를 씻겨내고
낯선 방에 몸을 뉘고 멀뚱그레 천장을 바라본다
깊은 밤에는 마땅히 할 게 없다
곧게 뻗은 서까래에 네가 아련히 걸린다
-가 없는 밤은 끔찍이도 외롭다
호젓한 밤에 감정의 날이 선다

사실 나에겐 몇 개를 집어넣어도 거뜬한 가방이 있고
그보다 더 커다란 자동차도 있었다
너를 만지작거리던 손에 네가 남아있다
쌀쌀한 공기 탓인지 찰싹 달라붙는다
오른쪽 어깨가 시리다

(캡틴의 위로가 절대적으로 필요한 밤 생각의 기록)

순간의 타이밍

사진첩에 있는 수천 장의 사진 속 그 어디에도 내가 없다는 것을 알자 코끝이 시큰해졌다. 흐르는 눈물이 너무 차 두 뺨이 얼얼했다. 마음이 딱딱해졌다. 그러나 나라는 빈틈은 너라는 공간을 만들었고. 쉿. 아주 잠깐이겠지만 네가 세상을 멈추고 몸을 숨길 수 있는 순간의 타이밍.

당신이라는 제목

일생을 조울의 덫에 걸려 살아내던 내가 타인을 위로한다는 것은, 굉장히 떳떳하지 못한 행위였다 거짓이 아닌 거짓 그것은 일종의 중범죄와도 같았다 혹은 때아닌 신파극

언제나 내 속은 불가피한 불순물로 득실거렸고 복도 맨 끝, 하루의 경계가 허물어진 방 낡은 변기에 식어버린 놈들을 모조리 토해낸다 끈질기게도 아직까지 뻗대고 있구나 진한 노랑의 끈적거림 밑바닥부터 올려내는 붉은 묽음 내장의 모서리까지 정교하게 긁어낸 성공적인 밤

모든 과정을 끝내고 나면 주둥이를 크게 벌려 미지근한 맹물을 들이붓는 것으로 마무리한다 마지막은 역시나 핏기 도는 얼굴과 마주하는 것이다 이토록

빈궁한 삶일지라도 그 삶을 연장하려는 나의 의지가 사지로 굵게 뻗어 나간다

부르르 부르르 머리가 부풀어 오른다 발가락이 퉁퉁 분다 빠그라진 마디마디가 제 위치를 맞춘다 혈이 빠르게 질주한다 170센티미터의 몸뚱어리에 서서히 에너지가 채워진다

잠에서 깬 늦은 오후, 발끝에 그득한 잿빛의 것이 다행히 몸에는 닿지 않았다 나는 내키는 대로 글을 흘려 쓰는 것을 좋아했고 그렇기에 나의 글은 매순간 변덕스러웠다

그런 당신은 나의 정신 사나운 글을 정성 들여 사랑한 유일한 사람이었다 1월의 찬 새벽 공기를 닮

은 당신은 비정상적인 사람 그 속에 인쇄된 제정신이 아닌 나 내 서랍의 수천 장의 글이 당신의 톡 튀어나온 무릎으로 기운다

—흐르지 않게 조심해

미완성

당신에게 섞이기를 바랐다

오랫동안 확신해왔던 것들이
너에게는 한낱 스침이었다고
나만의 착각일 뿐이었다고
그 불안이 확실해질까
돌이켜보면 참 많이도 아팠지
지금도 여전하지

어느 것 하나 쉽게 흐르지 않았다
너는 어떻게든 피해 다니고
나만 엉겨 붙은 모양새가 되어버릴까

그 좁은 공간 안에서
그냥 딱 한번만이라도 좋으니 거짓된 모습을 보여

주지
그래도 나는 진실로 포장해버리고
진심으로 기뻐할 텐데

나는 네게
비릿하고 물커덩대는 존재였을까?

정말 네게 나는
아무것도 아닌 걸까?

눈동자에 박힌 세상

여행으로부터 오는 것은, 마음을 비워내는 방법이 아니라 더이상 저장 공간이 없는 마음을 게워내는 시간이 주어지는 것이다. 여행은 멍이 든 곳을 문질러주고 두근거림을 더 큰 벅차오름으로 만들어준다. 철저한 외로움을 건네기도 하며 이성보다는 감성이라는 솔직함을 쥐여주기도 한다. 떠나온 곳으로 다시 돌아가는 이에게 순간을 이어주고, 짊어지고 온 마음은 앗아간다.

여행은, 아버지같이 묵묵하고 어머니처럼 상냥하지만, 때론 소유욕이 많은 어린아이와도 같아서 여행 도중 얻은 것들을 희미한 잔상 정도로만 내어준다. 그리고 잊힐 때쯤 다시금 떠난 이를 자신에게로 끌어당긴다. 이토록 변덕스럽지만 내가 여행을 사랑함은 나 자신에게만 집중할 수 있는 시간 속에서 노을을 바라보며 눈시울을 붉힐 수 있기 때문이다. 저 멀리 노을이 지고 눈가에 노을이 차오르면 그것만큼 값진 밤이 없다.

미치는 것

하루 종일 쫄딱 굶은 채로 마사지 받기

커피 원액에 펄펄 끓는 물을 넣기까지 걸리는 시간

진행되는 삶에서 '욕심'이란 필수 요건인 걸까? 결국, 나도 별반 다를 것 없는 사람임을 깨달을 때, 바람 빠진 웃음을 뱉어낸다. 새까만 밤을 닮은 커피가 유독 쓰다.

오랜만에 영영 잠에서 깨지 않고 싶다는 생각이 간절했다. 불필요한 생명도 있다고 생각했건만 릴리를 옹호하기에 그녀는 너무 악하다. 작가는 나를 설득시키지 못했다. 그러나 한 번 자문해 본다. 과연 나는 그녀의 잘잘못을 논할 만한 자격이 있는 사람인가? 잘 살아왔다고 또박또박 말할 수 있을까?

아파트

너와
이름이 같은
내가 사는 아파트

애석하다

참혹했던 과정이 끝나고
집으로 가는 길은 늘 더디다

나는 아직도 네 안에 산다

용기

모두가 총구를 겨눴을 때도

너는 용기를 잃지 않았지.

2부

초연의 죽음

가까이 드리워진 죽음보다
내게 정말 무서웠던 것은
집착하지 않는 삶의 연속이었다

아무런 의미도 찾지 않고- 못하고가 아닌 -
태연하게 삶의 쳇바퀴를 돌릴 때
그리고 그 굴레를 이탈하지 않고 정확하게 이어나갈 때
끊어질 듯 말 듯, 팽팽한 이 질긴 생에

살기가 싫었다
덕지덕지 끼인 살기殺氣가 싫었다

나를 아프게 하는 것을 사랑한다는 것은

요 며칠 연이어 좋지 않은 꿈을 꾼다 내 12인승 승합차는 천장이 갈려 반파가 됐고 건물이 다 타버려 내 동료들은 비극적인 죽음을 맞았고 매일 밤이면 맨발로 동네를 걸어 나가 빈집을 찾아다녔다 끊임없이 발생하는 비극에서 나만 항상 살아남았다 고맙지 않은 위로와 공허한 소란에 침묵했다 나를 중심으로 동요하는 나의 세상은 거칠게 요동쳤다 네 평도 채 되지 않는 방은 몇 가지의 것들로 항상 축축했고 나는 그 안에서 스스로 위로받는 방법을 터득해야 했다

불안정한 꿈에
반응했다
불완전한 삶에
무감각해졌다

이상에 무수히 충돌했고
현실을 겸허히 수용했다
비겁했다

죽음이 오는 소리

금붕어는 말라 죽었다
주황빛을 검게 물들여 버렸고
아무것도 보이지 않기에 느슨해지지
고양이 가르릉 소리마저
호랑이 울음소리로 들리는 밤에는

그것은 한순간

머리를 감았다
너를 씻어내기 위한 마지막 행위였다

가쁜 밤은 지나가고 평온한 밤이다
말끔하게 몸 구석구석을 닦고 침대로 기어들어 갈 것이다
어릴 적 파고든 엄마 품의 포근함이다
이 얼마 만에 느끼는 따뜻함인가
이불 속에서 발장구를 치며 한잠에 들 것이다

벽에 걸린 샤워기 물줄기가
내 귀를 강하게 뚫고 들어온다
7년의 익숙함은
생각만큼 쉬이 흘러가지 않는다
그것은 긴 세월의 골짜기에

아슬히 매달려있다

영원한 것은 없다
관계를 정리하기 위한 감내는
이 정도면 충분하다

하수구에 열은 잔재가 엉겨있다
무색한 통보
소진된 화

괴리
불꽃
충돌
그것은 한순간
시작과 끝의 전부였다

내 범주 안에 너는 없다

너라는 낡아빠진 모터를 부숴버리고
오로지 바람에 몸을 맡겨 먼바다를 항해할 것이다
갑판에 누워 지긋이 올려다본 하늘은
무서우리만큼 고요하다
파도의 울렁임이 나를 짓눌러온다

썩 좋은 이질감이다

오, 나의 대장

1.

잘린, 조각난 너의 한쪽 귀를 보려
작은 숲을 찾아간다
어둠이 흙길 위로 바짝 몸을 뉘고
나뭇잎 사이로 공기가 춤을 추니
쉬이이이
아, 이 얼마나 차가운 웅크림인가

잘린, 조각난 한쪽 남은 가슴마저 도려내
더 깊은 숲을 찾아간다
아, 이 얼마나 신랄하고도 편협한 사랑인가

2.

눈과 귀라는 산을 넘어 얼마나 걸어왔을까?
그 신경회로 어디쯤, 찌르레기가 울어댄다

이제 눈을 감아도 좋아
네 눈을 꺼내도 좋아
(다시 또)
귀를 막는 것 또한 좋아

네가 마른 낙엽에
재가 되어버리지만 않는다면

바람이 차다

탐인 인간

너의 아픔을 탐했다

그의 살을 탐했다 느리게 혹은 재빠르게 두 눈으로 빨려 들어온 그것은 심장에 진한 파동을 내며 잠시 맴돌다가 뇌를 타고 넘어 손끝으로 흘러나갔다 마지막 남은 힘마저 쏟아붓고 비로소 몸을 누이나 싶다가 다시 몸을 일으켜 흡수했다 한차례 폭풍이 지나가고 날 때면, 생선의 비린내와 안개꽃의 텁텁함이 사방에 퍼져나가 온 신경을 자극했다 쉽사리 진정이 안 되는 몸은 신경이 둔해지고 나서야 서서히 가라앉았다

혼절한 그의 옆선을 가만히 내려다보았다 채 감지 못한 눈꺼풀을 닫아주고 손끝으로 몸을 그려나갔다 심장께에 손을 올려 이제는 옅어진 울림을 느꼈

다 미처 생각지도 못한 곳까지 퍼졌을 것이다 미비하지만 미미하지는 않다 손톱을 내세워 꺼내 들까도 생각했지만 그만두었다 찰나의 선택으로 영원을 만들고 싶지 않다 내가 원하는 건 상처 하나 없이 매끈한 너의 선이지, 진득하게 엉겨 말라붙은 살이 아니다 침묵이 아니다 쉴 새 없이 재잘거리는 흥분이다 이제 어느새 윤곽이 드러났다 피사체가 완벽하니 그림 또한 말로 표현이 안 되는 감동이다 이 세상 어떤 단어로 너를 정의할 수 있을까 감히 그럴 수 있을까

어깨부터 팔등까지 이어가다 얇고 곧은 손목에 다다랐다 투명한 수면 위로 녹빛의 무언가 떠올라 참아 냈던 숨을 게워낸다 아무리 헤집어 봐도 더러운 것은 없다 떠내려올 아픔 따위는 없다 애초부터 없

었을 것이다 강의 하류에 다다르니 숲의 입구가 나왔다 전부를 토해 내기 전의 매슥거림이다 단 몇 줄을 뱉어내기 위해 그동안 이렇게나 아팠을 것을 생각하니 구역질이 난다 이 음산함이 뇌를 조여 마비시킨다 빠져나온 곳에 조각조각 놓인 그를 주워 들고는 우리만의 공간으로 들어간다 아직 너는 눈을 뜨지 않는다

그의 삶을 탐했다
누워있는 그를 가만히 내려다보았다 꽤 많은 시간이 지났음에도 불구하고 여전히 너는 아무런 미동도 없다 맑게 찰랑거리는 것을 제외하고는 다른 죽은 것들과 별반 다를 게 없다 간신히 숨만 붙어있을 뿐이다 뾰족한 것으로 내 심장을 파버려 너에게 줄까 생각했지만 그만두었다 조용히 너를 타고 올

라 네 위로 몸을 포갰다 이질감이 들었고 몇 번 뒤척이고 나서야 자리를 잡았다

그래도 아직 살아있구나 여전히 넌 싱그럽구나 이대로 빨려 들어가고 싶다 네 안에서의 죽음은 꽤나 괜찮을 것 같다 고른 너의 숨이 나의 코를 간질이니 네가 내게 스며들어온다 딴딴한 손이 배를 강하게 움켜쥐고 이내 곧 극한 고통이 찾아왔다 몸이 이리저리 흔들리며 조각난다 조각난 파편이 삶에 꽂힌다 이토록 삶이 아프다

초가집

네 번째 손가락 위에 초가집 한 채를 지었다 검은 풀이 무성히 번진 집에 있는 식량이란 겨우 밤 2시와 아침 6시, 하루 두 번 배급되는 나무바가지 두 통 남짓의 식수뿐이었다 먹은 거라곤 물밖에 없어 잔뜩 곯은 뱃가죽에 온 신경이 날카로웠다 물을 마시면서도 갈증이 났고 한참을 입에 머금다가 뜨거워진 뒤에야 조금씩 삼켜 넘겼다

마지막으로 씻은 날이 언제였던가 도무지 기억이 나지 않는다 하루는, 통제 불가능했던 신경마저 둔해져 간지러운 곳조차 제대로 찾지 못했다 닥치는 대로 손에 닿는 몸 이곳저곳을 벅벅 긁어 재꼈더니 금세 온몸이 붉은빛으로 덮였다 참지 못할 가려움이 오롯이 쉴 수 있는 밤을 모조리 망쳐놓았다

그럼에도 불구하고 나는 계속해서 손톱을 세울 수 밖에 없었다 일말의 고집은, 가진 것 하나 없는 내가 가진 유일한 소유물이었다

침묵의 케이크

침묵.
침묵이 웅크려있다

침묵에 침묵이 포개어진다
그 위에 또 다른 침묵이 침묵을 감싼다
침묵이 침묵을 끌어안는다
침묵은 침묵을 내리누른다

침묵.
또 하나의 침묵.
침묵.

침묵은 끝도 없이 쌓여진다

침묵이 침묵하는

침묵의 침묵의 순간이 좋다

시기를 하느니, 사랑을 하라느니
차라리 나는 침묵하는 침묵을 택하겠다

지천으로 놓이다

낮과 밤은 한 공간을 전혀 다른 두 개의 공간으로
나누어버린다 조화로운 듯 동떨어진 분위기에 몸
어딘가 간질거리는가 싶더니 결국 붉은 반점이 하
나둘 서서히 온몸을 덮어간다

두 개의 삶

천문학자들의 자살률은 어느 직업보다도 높다고 한다. 광활한 우주에 비해 인간은 한없이 작은 존재라는 것으로부터 오는 상실감. 주먹 가득 꽉 쥐었음에도 이곳저곳 틈새로 흘러나오는 모래알처럼. 지금도 우린 우주 어딘가를 유영하고 있을 텐데.

삶이 아름답기에. 그 아름다움이 너무나 커서 한순간에 나 자신을 초라하게 만들었기에. 그 커다란 아름다움이 나에게는 금방이라도 숨이 끊어질 것처럼 벅찼기에. 어렴풋이나마 그녀를 이해할 수 있을 것 같았다.

오늘 밤, 따뜻한 엄마의 품으로 안아주는 우주가 일순간 나를 아무것도 할 줄 모르는 어린아이로 만들어버린다. 삶이 아름다우면 무엇하나. 그대 없인 단지 고요하기만 한 땅덩어리일 뿐인데.

발가벗은 계절

실오라기 하나 걸치지 않은 겨울이 왔다 푸수수한 가지 끝, 미처 계절을 다하지 못한 몇몇 고엽이 위태롭게 매달려있다 마치 세상을 다 태워버릴 듯이 붉었던 계절은 제 몫을 다하여 검게 전소했고 제 혼자 감내해야 했던 90여 일의 고초를 전부 뱉어내려는 심산인지 오색을 띤 재는 대로변에서 인적 드문 곳까지 그 흔적이 난무했다

바람이 닥치는 대로 몸에 닿는 것마다 단칼에 조각내어버리는 날들의 연속, 나무의 가지들이 거칠게 요동침에도 낙하하지 않던 지질한 잎들은 그해 흩날리는 첫눈에 의해 장렬히 남은 생을 마감했다 그렇게 무결한 겨울이 왔다

가지마다 공평하게 새하얀 옷을 입었고 그 사이로

빼꼼, 달이 몸을 누이니 옷이 스르르 흘러내린다 머쓱해진 달이 몸을 일으켜 나무의 제일 높은 대장가지로 올라가 걸터앉는다 건조한 세상을 내다본다 그마저도 예리한 대장 가지에 찔려 뽀얀 몸에 생채기가 나고 결국 요란히도 얽혀있는 여린 어린 가지들 틈으로 몸을 감춘다 너무 텅 비었기에 오히려 그 속을 알 길이 없다

달조차 제 몸 시려 잔뜩 웅크린 열두 번째 달, 갑작스레 찾아드는 어둠에 이질감이 들어 세상의 것들은 평소보다 더 경계를 강화한다 참으로 가난한 계절이다 궁색한 마음에 손 한 번 꽉 쥐어 잡아 줄 수 없다

5:16

새벽 3시만 되면 찾아왔다.
감긴 눈을 억지로 뒤집어까기도 하고 약간의 굴곡이 져 얕게 떨어지는 콧대를 투박한 손길로 쓸어 내려갔다. 열린 창틈 사이로 서걱서걱 불어오는 바람에 살짝 마른 입술을 두어 번 톡톡 두드리다가 이내 발소리도 내지 않고 사라졌다. 그런 날이 거의 매일 반복되다가도 아주 작은 빗방울이라도 떨어지는 날에는 찾아오는 이 없었고 방 안은 해가 차오르기 전까지 고요로 가득 찼다. 있는 것 하나 없는 것이 아슬히 넘쳐흘렀다. 습기가 찬 창은 아무도 들여다볼 수 없도록 방 안을 뿌옇게 가려주었고 차가운 세상으로부터 덮어버렸다. 마침내 완전한 평화가 찾아왔다.

투두둑 투두둑.

비 오는 날 찾아오는 몇 안 되는 날이다. 장마철에는 더더욱 그렇다. 오늘은 올까? 어느새 먼저 기다리고 있는 나를 보며 피식 웃음을 뱉어낸다. 그 상황이 마냥 싫지는 않다. 약간의 기대를 담아 말짱한 정신을 겨우 흩트리고 3시 5분 전, 재빨리 침대에 눕는다. 몸이 둔해지고 신경이 희미해진다. 오랜만에 찾아온 발걸음이 느리다. 힘이 없다. 고요한 방 안에 젖은 옷자락 끝으로 떨어지는 빗방울이 규칙적인 소음을 낸다. 고요 위에 또 하나의 고요가 자리를 튼다. 낡아빠진 편백 바닥에서 스멀스멀 올라와 이내 전체에 퍼진 습기에 마음이 차분해진다.

어느새 침대 옆으로 바짝 붙어 앉아 가느다란 팔목을 거칠게 낚아챈다. 팔목으로 스며든 열기가 나의 온몸으로 뻗친다. 힘이 가해진 곳에 붉은 선이 채워진다. 허공으로 올라간 손목에 미지근한 숨결이 날카롭게 파고든다. 몇 번을 들이마시고 내쉬고를 반복하다 조심스럽게 내려놓고는 방을 나선다. 오늘 밤, 잠을 청하기에는 틀렸다.

또 한 번의 밤이 지나고, 또다시 태양은 떠오른다. 현관을 열고 나간 앞뜰에는 간밤의 소란스러웠던 분위기를 말해주듯 곳곳이 얼굴을 붉힌다.

투두둑 투두둑.

그간의 것들은 사실 빗소리가 아니었는지도 모른다. 그것은 겨우 버티다 터뜨리고 만 눈물 떨어지는 소리였다. 갑자기 마음이 소란스러워졌다. 너의 심장을 두드리고 싶다.

회유

너는 항상 내게 그랬다
너는 끊임없이 내게 권유했다 난 깎이고 깎여 어느새 너의 일부분이 되어있었다 낡은 문갑에 꽂혀있는 너의 오래된 일기장과도 같았다 네가 흘려 쓴 문장 속 궁상맞은 사람이었다 참으로 볼품없다 볼펜 똥이 유난히 짙다 독하다
나를 위함이라던 배려심 가득한 네 권유는 단지 나를 해하는 한낱 강요에 지나지 않았다 내가, 네가 짜놓은 네 속 어딘가에 콕 박혀 울부짖을 때에도 넌 그저 어루만지고 잘 달래어 내가 복종하기만을 바랐다 -할 것을 요구했다

차게 식은 나를 뜨거운 네가 범하니 하나가 된 몸이 쩍쩍 달라붙었다 그러다 이내 잠잠해져 살점이 뜯어져 나간 두 개의 몸이 되었다 이 지경에서 끝

난 것에 감사하다 이쯤으로도 충분히 족하다 펄펄 끓는 네게 녹아 영원히 섞여버리지 않은 것에 다행이다

다시금 내가 나를 각인시킬 수 있다는 사실에 북받쳐 오른 심장이 범람했다 저 멀리 휩쓸려 떠내려간 질긴 인연은 더는 없다 이렇게 쉽게 끊어지는 것이었다니 허무하고 분통하다 어두컴컴한 하늘을 올려다보니 오늘은 밤새 비가 올 모양이다

날개 (추락)

그것은 서서히 타고 올라오다 빠르게 파고들어 간다 날카로운 섬세함에 감탄한다 단 한 번도 나를 실망시킨 적이 없다 오히려 매번 흥분시킨다 날이 갈수록 걷잡을 수 없이 부풀어 오른다 통제 수위의 범위를 넘어 거칠게 달아오른 몸은 끝내 정신을 잃고 만다 몽환적인 목소리에 사고가 둔해지고 그 위험한 분위기에 오금이 저리다 매혹하는 몸짓에 매료되다

P

죽음을 노래하는 P는 작고 도톰한 입술을 가지고 있다. P는 죽음을 '인간이 삶에서 유일하게 할 수 있는 가장 아름다운 선택'이라며 장황하게 설명했다. 그럴싸한 이유를 늘어놓고 오목조목 따지며, 오가는 손님마다 죽음을 설득하는 P의 속눈썹이 때때로 파르르 떨리는 것을 나는 보았다.

사실 P는 극도로 두려움에 떨고 있는 것도 같다. 그녀는 손님이 반문할 때면, 의자에 살짝 걸친 구두코를 바닥에 두어 번 굴리는 버릇이 있다. 꽤 오랫동안 P를 관찰해온 결과 그렇다. 그녀 자신도 모르는 습관을 내가 알고 있다는 것으로부터 오는 기분은 상상 이상으로 흡족하다. 목구멍에 걸린 뻑뻑한 파운드 케이크를 뜨거운 커피와 함께 넘길 때의 아찔한 기분과도 같다.

나는 P에게 연민을 넘어선 그 이상의 감정을 가지고 있었고, 그녀를 위해서라면 내 기꺼이 그녀의 죽음 예찬에 협조할 생각이다.

습한 욕실의 도청 장치

그날 밤

내가 복도 두 번째 방문을 열었던 것은
지극히 아주 단순한 호기심 때문이야

난 널 좋아하지 않아
그 사실만은 절대 변하지 않아

아주 악랄하고 짓궂지

엄마, 나는 시끄러운 마을이 되는 게 싫어요

할아버지를 모시러 아버지의 고향에 갔다. 시원하게 뻥 뚫린 도로 위를 달리고 있자니 왠지 마음 한 구석도 피이이이 바람이 새어나가 가슴이 이리저리 울렁였다. 불과 몇 년 전까지만 해도 할머니가 계신 마을을 가려면 얇은 샛길을 지나야만 했다. 겨우 차 한 대 지나갈 수 있는 폭이 좁은 도로라 양쪽에서 차가 들어오면 난감하기 짝이 없었다. 다행히도 오고 가는 이 적은 한적한 마을은 굽이굽이 깊은 산속에 있어 위의 상황은 사실 드문 일이었다.

차례가 끝나고 산에서 내려오는 길. 엄마랑 단둘이 강 건너 할머니 댁까지 슬슬 걸어가기로 했다. 정확히 서른두 걸음을 걸었을까.- 유일하게 일치하는 모녀의 강박증 걸음세기 - 산과 마을을 이어주던 그 고마운 샛길이 잘려나가 초입의 모습만 남은 채로 자리를 지키고 있었다. 아쉬움 찬 모녀는 그 자리에 앉아 적지 않은 시간을 머물렀다. 각자 침묵한 채로 그저 강을 바라볼 뿐이었다. 담배 한 개비를 입에 물었다. 속이 쓰다. 햇빛이 강을 유영했고 반짝이는 강물은 수면 위를 옅게 너울거렸다. 저 멀리 강 건너 민가에서 아궁이 연기가 피어오른다. 당신에게 안부를 물었다. 흙 묻은 엉덩이를 털고 자리를 뜬다. 흘러내리는 바지춤을 고쳐 맨다. 왔던 길로 다시 되돌아가는 길. 양쪽으로 길게 늘어진 억새가 바람이 부는 대로 이리저리 휘날렸다. 부산한 그 색色은 아름답지만 쓸쓸하다. 불안정 속에서의 안정에 최근 들어 부쩍 골은 몸이 갈피를 못 잡고 크게 요동쳤다.

나의 어린 아버지도 이 길을 당신의 아버지와 수없

이 걸었으리라. 이른 나이에 어머니를 여읜 설움에 하늘도 슬퍼하니, 세차게 내리는 장대비에 강물이 넘쳐흘렀다. 그 세월이 너무도 아팠으리라고, 철 안 든 딸은 감히 어림잡아 짐작해본다. 애써 진정이 된 가슴이 이전보다 더 큰 포물선을 띠며 일렁였다.

섬광과도 같은 흙빛의 세월을, 할머니 집 또한 피해 갈 수 없었다. 메주가 늘어진 사랑채와 아담한 크기의 앞뜰은 국가의 도로 확장사업으로 인해 가차 없이 모조리 잘려나갔다. 내 기억 소중한 한 귀퉁이도 함께 토막 나버렸다. 이 차선 도로로부터 불과 10여 미터 떨어져 수시로 위험에 노출되어있는 곳에 하필 다리가 불편한 할머니가 살고 계시다니. 어수선한 분위기 속에 여러 개의 감정이 모여

정신이 흐트러졌다. 가슴을 쓸어내리기가 무섭게 더 큰 응어리가 쏟아져 내렸다.

별들마저 몸을 숨긴 피난 골의 밤.
아버지의 울음소리와 마주했다. 그 소리가 너무도 아파 가만히 바라볼 수밖에 없다. 풍채가 좋던 아버지의 뒷모습은 그간의 닳아버린 세월에 많이 야위어 있었고, 나는 그 가냘픈 몸조차 미처 돌보지 못한 못난 딸이었다. 서로에게 너무나도 아픈 밤이었다. 별들마저 무심했다.

밤은 느리게 호흡하고 그사이의 긴 간격을 오직 풀벌레만이 위로할 뿐이다. 달빛 서린 창가에 걸터앉아 몇 안 되는 어머니와의 일상을 떠올리려 애를 쓴다. 한번 조각난 것은 쉽게 붙지를 않는다. 어느 것 하나 함부로 기록할 수 없다. 결국, 제 역할 하나 해내지 못한 펜을 내려놓고 머리맡의 자리끼를 벌컥벌컥 들이킨 뒤 눅눅한 이불 속으로 몸을 구겨 넣었다. 복잡한 사고들을 한데 욱여넣었다.

고독생

과연 오후 앞에 부끄럼 한 점 없다 할 수 있을까? 조각난 정오의 햇빛을 올려다본 게, 그 시간만이 가지는 소란함 속에 평화로움을 기록한 게 언제였는지 그 언제가 언제였는지, 까마득한 과거가 되어 버렸다

낮을 피해 숨어 사는 동안 수많은 나의 밤은 무수히 부서졌고 퍼담을 수 있을 정도의 많은 양의 눈물을 쏟아냈으며 언제나처럼 달에게 칭얼대며 나를 지웠다 그러나 어쩔 수 없이 명줄을 단 사람이기에 지독스러운 현실은 언제나처럼 나를 따라다니며 목을 졸랐다

—이 파렴치한 인간아, 그 뻔뻔한 낯짝을 쳐들고 아직도 살아있느냐.

16년도의 겨울이 되었고 주변의 모든 것은 변해있었다 제각기 모습을 바꿨다 익숙한 거울 속에 낯선 얼굴의 내가 꺾여있다 굽이굽이 주름의 잔 골짜기에 오독의 풍파가 내려 색이 탁한 백색으로 그윽이 서렸다 이상을 향한 괴리감에 생이 무참히 이탈했다

모든 불안은 밤으로부터 왔다

모든 불안은 밤으로부터 왔다.
그것은 저녁놀 앞의 두근거림과도 같았다. 시작은 콕콕 찌르는 듯한 심장께의 간지러움으로 찾아왔고 이내 곧 걷잡을 수 없이 커져 이제는 밤만 되면 지진이 나 온 세상이 무너져 내린 것과도 같았다. 식은땀이 베갯잇을 적셨고 어머니의 한숨이 방 안에 깊게 내려앉았다. 매일 밤 나는 재앙을 맞았고 이제는 낮에도 수십 번씩 여진이 들끓었다.

한 달에 한두 번 만나는- 나의 상태에 따라 매번 달라지는 - 그에게 나는 끊임없이 진정제를 요구했고 언제나 그의 대답은 같았다. 또 한번 세상은 깊은 곳으로부터의 진동을 내게 쥐여준다. 온종일 식탁 의자에 앉아만 있었고 밥상에 앉아 겨우 한술 뜨나 싶다가도 화가 치밀어 올라 숟가락을 내던졌다. 그렇게 점점 말라 갔다. 세상이 넓어지면 넓어질수록 나는 쪼그라들었다. 한동안 상담도 가지 않았다. 갈 수 없었다. 그간 잘려나간 나의 몰골에도 그는 어떤 기색도 내비치지 않았다. 이제 더 이상 떼를 쓸 힘조차 내겐 남아 있지 않았고 90여 분의 건조한 상담이 끝나고 진료실을 나가려는 내게 그는 약간의 약을 처방받을 것을 권유했지만, 나는 거절했다. 오늘은 어떤 방법을 써서라도 기필코 받아 내리라 다짐하고 집을 나섰다. 그러나 진료실 문을 열고 본 여전한 그의 모습에 굳게 했던 다짐들은 제 몸을 숨기기에만 급급했다. 몸의 주인은 그냥 이 시간이 빨리 지나가기만을 바랐다.

가질 수 없던 것이 손쓰지 않고 너무나 쉽게 주어져서였을까? 내가 거부 의사를 내비치자 처음으로 그가 안경 너머로 당황한 기색을 보였다. 그러나 이내 곧 침착함을 유지하고는 또 한 번 권유했다. 하지만 나 역시 또 한 번 고개를 저었다. 더이상 그는 아무 말도 하지 않았고 나는 진료실을 빠져나왔다.

그런데 병원 밖으로 나오자마자 옆 건물의 외벽이 떨어져 나가 순식간에 인도의 가로수를 덮쳤고 파편이 튄 전선에서는 스파크가 튀었다. 크고 자잘한 유리 조각이 내 팔 위로 박혔다. 머리 위로 쏟아져 내렸다. 별똥별이다.

또다시 여진이 시작됐다. 전기가 나가 모든 것이 눈을 감고 차들이 서로 부딪치고 도시가 생명력을 잃어가는 동안에도 나는 걸었다. 길이 끊긴 곳은 작은 골목으로, 몸 이곳저곳에 난 상처들을 신경 쓸 틈도 없이 그저 하염없이 계속 걸었다. 나의 집에 가야만 했다. 꿉꿉한 이불 속으로 들어가 억지로 잠을 자야 했다. 꿈이란 걸 확인받아야 했다. 무너지는 세상 속에서 내가 있어야 할 곳은 오로지 나의 어머니가 있는 나의 집뿐이었다. 겨우 집에 도착했을 때 다행히 어머니는 집에 계셨다. 걱정 어린 어머니의 말도 뒤로한 채 신발만 벗어 던지고 침대에 웅크렸다. 안 올 것 같던 잠이 오늘은 거대한 파도가 되어 내게 달려든다. 시간이 조각나 잘려나간 자리에 고요가 몸을 틀었다. 영원히 오지 않을 것 같던 아침이 눈을 떴고 식은땀이 베갯잇을 적셨고 어머니의 한숨이 방 안 깊게 내려앉았다.

늘 그렇듯 내 방은 외부와 철저히 차단되어 나만의 세상을 이루었다. 이곳은 법도 없고 죄악도 없고

선행도 없다. 있는 것도 없는 것도 없다. 그 어떠한 것도 없다. 찾아온 아침에 감사했고 흐트러진 세상을 대충 정리하고 침대에 곧게 누웠다. 굽은 등을 펴고 손톱을 다듬고 머리도 말끔히 빗었다. 희미하지만 옅게 빛이 들어오는 창가에 젖은 마음도 말려 두었다.

화가 났으리라. 계륵 같은 존재가 되어 그랬던 것이 아니라 그동안 작게나마 연명하고 있던 나였는데, 이제는 할 수 있는 모든 것을 다해 더이상 그 어떠한 치료도 남아 있지 않은, 그저 죽을 날만 기다리며 하루하루를 보내는 시한부 환자로 전락해 버렸다는 생각이 들어 그랬으리라. 그리고 그 사실을 받아들일 수밖에 없는 나를 보며 몸서리를 쳤으리라. 그것도 아니면 오랫동안 내게 착 들러붙어 이제는 내 몸의 일부가 되어버린 그 녀석을 온전히 받아들이기로 한 것이리라.

약간의 불안을 즐기지만, 그 불안에 불안해한다. 아무런 일도 일어나지 않길 바라면서도 불안을 늘 곁에 두려 한다. 모든 불안은 나로부터 왔다.
20160608 11:58

모든 불안은 나로부터 왔다

모든 불안은 나로부터 왔다

영원의 약속

일단 여기서 나가자. 조용한 곳으로 가면 생각이 차분해질 거야. 그래도 여전히 속이 소란스러우면 그때는 내 속에서 나가도 좋아.

기억을 안주 삼아 매일 밤 망각을 마셨다

유난히 달이 커다란 날이었다
빛은 계속 차오르고
차오르다 못해 흘러넘쳐
홀짝홀짝 꽤 마셨던 것 같다

첫 잔은 달콤했고
그다음은 비릿했으며
마지막은 쓰라렸다

오늘의 하루를 섞어 넘겼고
약간의 미움도 타서 먹었고
그렇게 사랑하던 이를
목구멍 너머로 흘려보냈다

가시 돋친 말들이

식도를 긁어내려 갔고
밤이 아까워 먹은 달빛이
되려 나를 잡아먹을 듯이 빛을 뿌려대기에
급하게 엉덩이를 털고 일어났다

셈 없이 마시느라 거나하게 취한 나머지,
흩날리는 빛을 따라 몸이 이리저리 일렁였다
달짝지근한 향과 노랗게 반짝이는 빛 때문에
날벌레들이 들끓었고
그대로 기억을 잃었다

간간이 먹고 간신히 삶을 살아간다
그럼에 행복하다

이중적 의미

늘 새로운 환경에 노출되어 있었다
분위기, 눈동자, 기분 등의 낯선 변화에
나를 바꿔가며 적응을 해야 했다

태고에 하나로 시작했던 나는
오랜 시간에 걸쳐 무수히 부서져
이제는 어느 곳 하나
나의 난기暖氣가 없는 곳이 없다
그 얼룩은 내 속의 난기亂氣에
불을 지피기에 충분한 것이었다

두고 온 것은
괜찮다는 서툰 위로와
앞날보다는 수수할 오늘의 청춘이다

너른 것보다 사소한 것에 집념했고
꾸준하게 갈구했다
그날의 보통을 돌려달라고
살아온 날의 전부를 앗아가라고

아로새긴 것은
상냥한 그녀의 집 화장실 바닥 귀퉁이에 놓인 화병과
광활한 어머니의 사랑

난생처음 대면한
위에서 내려다본 나의 검붉은 가죽

투명投命하다

공간의 벽

Espresso. 참 길 것만 같은 오늘 밤.

때론 외롭고 싶어도 외로움이 허락되지 않는 공간이 있다. 덕분에 나는 크게 소리 내어 울기도 했고 끝없는 고독에 빠지기도 했다. 혼자이기도, 그렇지 않기도 한 날이었다. 그럼에도 불구하고 오늘도 커피는 참 쓰고 맛있다.

사고事故*

살이 베였다.
삶이 떨어져 나갔다.
송두리째.

* 불교에서 말하는 인생의 네 가지 고통. 나는 것, 늙는 것, 병드는 것, 죽는 것.

저마다의 생

바람아 불지 마오
고인 눈물이 떨어진다오

입 사이로 아스라이 걸린 하루가
정수리 한가운데로 떨어지면
너의 잔상이 나를 짓누른다

내가 젖어도 그냥 지나쳐라
적어도 네가 부린 짓일 테니

오늘따라 밤이 푸르다
맘이 푸르뎅뎅하다

녹록지 않은
저마다의 생이 번져 강을 이루면

실오라기 하나 걸치지 않은
삶 냄새 밴 몸을 이끌고 강으로 들어가
제일 깊숙한 바위 밑으로
얼굴을 처박을 것이다

온몸의 구멍으로 모든 게 씻겨나가면- 삶에 끼인
찌꺼기를 -
물 위로 조용히 얼굴을 내밀 것이다
너는 그저 잘 말려주기만 하면 된다

원.동.력.

나는 나를 먹었다

그것은
원망도 아니고
동정도 아니었으며
역정도 아니었다
단지 생을 이어가기 위한 최후의 수단이었다

나는 나를 묻었다
수렁을 깊게 파
몸을 부드럽게 말아 땅의 품에 안겼다

귀 가까이에 심장을 두었고
그 울림에 귀를 기울였다
미세하지만 섬세하고도 진한 진동에

온몸에 난 털이 쭈뼛쭈뼛 섰다

마지막 순간까지 살기 위해
발악을 하는 모습에도 아무런 반응이 없다
이젠 웃을 힘도 남아 있지 않다

삶은 이렇게도 끈질기다
자연으로 되돌아가고 싶어 하는
인간의 애달픔이다
모순의 집합체이다

추신
나는 물었다.
나는 안녕합니까?

네가 아니라서 미안해

그녀와 마주할 때면 나는 늘 말수가 줄어들고, 꽉 쥔 주먹에는 땀이 흥건했다. 이마에 날 땀을 가까스로 손끝으로 밀어 넣었다. 우리 둘 사이 얼마 동안의 빈틈 새 적당히 살이 빠져 콧대가 살아났고 월급이 올라 눈에 띄게 나아진 옷차림새와 이전보다 조금은 값비싸고 질 좋은 음식을 먹는 등의 윤택한 생활로 나는 어느새 많은 이성에게 매력적인 남자가 되어있었다.

오랜만에 본 너의 얼굴은 예전의 깡마른 몸에서 살짝 살이 올라 보기 좋았고 그래서 올라가 있던 눈꼬리 역시 조금은 부드러운 곡선을 이루었다. 조금 인간미 있어진 네 앞에서도 나는 여전히 가을 낙엽처럼 파사삭 말라갔고 바스락 부서질까 불안해하며 네 뾰족한 입술에서 나올 그 말을 기다리고 있었다.

사실 알고 있었는지도 모른다. 그래서 더 초조하고 비를 가득 머금은 먹구름처럼 온 신경을 곤두세웠다. 예상은 했지만, 안녕을 말하는 네 입술에, 부서지기도 전 비가 내려 축 늘어져 버리고 말았다. 그렇게 세상이 무너진 것처럼 아팠고 며칠간 지독한 감기에 걸렸으며 한동안 뜨거운 열병을 앓았다. 차가운 오한에 몸을 웅크리기도, 그러다가 결국 참았던 눈물을 왈칵 쏟아내기도 했다. 한참을 자고 일어나서도 또 잠이 들었고 허기짐에 닥치는 대로 입에 쑤셔 넣었고 화장실로 가 모조리 토해냈다. 본능을 포기하며 사람 같지도 않은 삶을 살며 몇 달을 보냈다.

얼마 만에 본 거울이었을까? 그 속의 난 마르다 못해 눈이 깊게 꺼져있고 까슬까슬 난 뾰족한 수염은 겨울 나무숲을 위에서 내려다보는 것 같았다. 땀에 전 옷을 들춰보니 숨을 쉴 때마다 갈비뼈가 흉하게 드러났다. 매력적인 남자는 그 어디에도 없었다. 이제 나 혼자 해나가야 한다는 사실에 덜컥 숨이 막혀왔고 가슴 깊은 곳에서부터 눈물이 끓어올랐지만 더는 방법이 없었다.

너는 떠났고 나는 혼자 남았다. 나는 도망쳤고 너는 더는 나를 붙잡지 않았다. 질리게 카메라를 들이밀어 몇 번의 거절 끝에 겨우 담은 너와 나의 얼굴과 툭하면 튀어나오는 일방적인 나의 통보도, 그러다 다시 부드럽고 예쁜 너의 작은 가슴을 쥐어잡는 나의 까끌까끌한 손. 너의 가쁜 숨도 나의 가파른 몸짓도, 넘칠 듯 말 듯 일렁이는 짙은 그 날의 밤도. 다음날 일어나서 널브러진 빈 맥주캔을 치우는 일도 이제 더는 없다. 당장 손가락이 기억하는 번호를 눌러 전화를 걸면 한숨을 쉬며 '우리 집으로 와'라고 품을 내어줄 너라는 걸 잘 알지만, 그런데도 네게 연락을 하지 않는 이유는 개새끼 같은 자신을 향한 증오감과 너에 대한 죄스러움 때문일 것이다.

너의 부재의 의미보다도 지금 내겐 혼자라는 미치도록 힘겨운 외로움이 살을 에워오듯 아프다. 이 순간에도 그저 사랑만을 갈구하는 나를 혐오한다. 영원히 끝날 것 같지 않던 세상이 무너져 내린다.

끝을 위한 준비

불안에 몇 달간 밤에 시달려도- 헤아릴 수 없는 나날을 - 병원에 가지 않았다 발작을 버티지 못한 심장이 내팽개쳐져도 약을 삼키지 않았다 그저 내가 할 수 있는 건, 지독하리만큼 역겨운 이 고통 안에서 영원히 자유로워지기 위하여 초연하게 마지막 순간을 기다리는 것뿐이다 내가 할 수 있는 것은 고작 그뿐이었다 죽기 위해서 살았다 살기 위하여 죽어야 했다 내게 삶은 모든 것, 그 자체이다 생과 사의 연속이었다

여전히 아프다

밥을 주고는
씨팔년이라 그런다
처음에는 한 녀석으로 시작했는데
동네 아이들을 다 끌고 왔다
그러고는 말갛게 웃는다

어슬렁어슬렁
일곱 개의 앞날이 해를 타고 넘어간다

샛강에서 흘러온 부취腐臭가
온 동네에 진동을 한다
욕이 난무하다
바람이 이리도 고약하다
고엽이 회오리치다 이내 사방으로 흩어진다

굵은 등을 타고 내려온 땀줄기가 식어
몸의 온도가 빠르게 추락한다
제법 공기가 서늘하다
이슥한 거리에 오한이 서린다
숨이 턱 막혀오는 8월의 밤이 춥다
때때로 찾아오는 마른기침에
너의 부재의 의미를 부여한다

여전히 아프다

뼈 (희다 못해 불투명한)

희고 가느다란 것이 단단하기도 하다
살아온 날을 가늠하기 힘들 정도로
곳곳에 파인 상처들에
결코 평탄한 삶이 아니었음을
감히 어림잡아 짐작할 뿐이다

처음부터 단단하지는 않았을 것이다
어느 것 하나 쉽게 흘러가는 법이 없었다

커다란 비빔기에 눈물을 부어 마셨고
하수구에 아픔을 모두 쏟아버렸다
그렇게 밤을 견뎠고
아침은 더디게 열렸다

얻은 건 약간의 풍요로움이요

젊은 날을 잃었노라

청춘이 타고 넘어간 자리에는
낯선 이가 있었다
군데군데 난 흰머리와
깊게 파여 굽이굽이 이어진 주름들
찌릿한 어깨의 힘줄
박살 나 질척대는 손목

그렇게 열심히 살아냈는데도
아직도 책임질 것들이 많다
마디가 시립다
서럽다
지독하다

부단히도 노력했다
또 다른 밤이 찾아왔고
올라올 듯 말 듯
아스라이 아침이 보인다

난 날

1. 생인손

약간의 틈만 보일라치면
어김없이 손톱을 뜯어댔다

남아나는 손가락 하나 없이
매서운 겨울을 보냈다

내 새끼 밥 한 끼 챙기지 못했고
머리를 감고도 개운한 적 한 번이 없었다

생이 얼마나 질긴지

곪아 터져 피가 흥건한,
가죽만 남은 손가락이

제 목숨 잘리지 않으려
계속해서 무언가를 놀린다

지끈지끈
견딜 수 없는 통증을 지독하게 견뎌내고
붉으락푸르락
낯빛을 붉혀가며
팔딱팔딱
거칠게 박동하더니
곧 단단한 껍질을 만들어낸다

살려고 부린 팽배한 이기주의에 치여
주위의 모든 것은 차게 숨을 거뒀다

진정 나는 살아있는 걸까?

악착같이 지키고 나니 또 다른 의문이 생겼다
사는 것인지, 살아남은 것인지
어쩌면 이미 오래전
제일 먼저 죽은 것은 아닌지

2. 병

타다닥. 무질서로 나열되는 문장들이 성가신 날.

3. 그대의 손은 항상 나를 위한 것들로 가득했다

사계절을 모두 부대끼고 나서야 알아차렸다 수더분했던 첫 만남을 시작으로 어느덧 한 바퀴를 돌아

다섯 번째 계절이 우리 앞에 모습을 드러냈고 앞으로 얼마나 더 남았을지 모를 수십 개의 계절이 그대와 내게 입을 맞췄다 색이 만들어낸 찬란한 세계가 펼쳐졌고 서로를 바라보는 눈동자에 가슴께가 간지럽다 멈추지 않는 계절처럼 이 이야기가 덮이지 않기를, 지금 이 순간 나는 간절히 바란다

4. 감사하지 않은 날

몇 개의 문장으로 인하여 기대 않던 날이 하찮은 날로 전락해버린다 위태롭게 서 있던 하루가 바로 잡을 수 없이 몰락했다 지랄 맞은 감사함에 몸부림치며 내 모남에 있는 힘껏 칼을 휘둘렀다

5. 소속감

어느 무리에 속하려면 일단 침투하여 무작정 낯짝부터 들이밀어야 한다.
(수정 요함)

비명횡사

허물을 벗었다
본래 하나였던 몸이 두 개로 쩍 갈라진 이 광경을 차마 눈뜨고 볼 수 없다 말짱한 정신이었다면 그 자리에서 토악질해댔을 것이다

생전 보기 드문 모습과 고약한 악취에 사방이 쥐 죽은 듯 고요하다 스산한 기운에 겨우 감춘 몸뚱어리가 사시나무 떨듯 오골거린다

시간이 얼마나 갔을까 한 놈이 미약하게 꿈틀댄다 가슴을 부풀리는가 싶더니 이내 곧 팔딱거린다 다른 한 놈은 진즉 검게 말라붙어 가는 시마*에도 볼품없이 나뒹군다 나를 죽이고 난 힘으로 더 큰 생기를 띤다 살아남았다는 정복감에 활개를 친다 죽

* 샛마파람. 뱃사람들의 은어로, '동남풍'을 이르는 말.

은 나만 억울하다 정교한 감정선이 모조리 끊어져
나갔다 아마 살아있었다는 것조차 모를 것이다

울고 웃는다
사실 아무 말도 없다 실성한 마냥 웃기만 한다

나만 살았고 나는 죽었다
탁한 눈빛이 허공을 방랑한다

비언어적 행위

눈빛으로도 탐하지 않았던 것은
나로부터 너를 지킬 수 있는
가장 반듯한 방법이기 때문이다

나는 너의 그 아쉬운 눈빛이 좋다
네가 있는 이 방의 먹먹함을 동경한다
그 분위기만으로도 흥분했다

단 한 번의 접촉조차 없던 네 평의 공간은
너의 부재가 되어서야
진득한 습기로 가득 찼다

욕망이란
쉽게 가시지 않는 7월의 장마와도 같다
힘이 다해 떨떠름한 입을

물로 축이고 나서야 겨우 갈증이 가신다

허물어져 버린 일상의 허탈함조차
사랑한다

너의 잔상

제 명을 다한 계절의 추락하는 잎사귀처럼
바스러지는 너의 잔상.

3부

계절을 줘요

항상 웃고 있는 네가 싫어
엄밀히 따지면 웃기만 하는 네가 싫어
조그마한 입 모양 하나에도 가시를 세웠고
눈이 부신 네 꽃잎을 떨어뜨리려
거센 비를 뿌리기도 했어
나는 밤새 잠 못 이뤘고
어둠이 옅게 걷히자마자 네게 가보니,
너는 전날보다 오히려 더 싱그러워졌구나
드디어 태양이 됐구나
열매를 맺었구나
너도 밤새 참 많이 아팠겠구나
군데군데 파인 이파리 너머로
조금은 짠 바람이 부는구나
은은하게 윤이 나는 네 품에
코를 박아 깊게 숨을 들이마시니,

네가 내게 스며들어오는구나
나의 검은 마음이
너로 인해 조금씩 투명해지는구나

—그러나 언제 또 검게 변할지 몰라
괜찮아?
—(끄덕끄덕)

—희미해질지도 몰라
—(절레절레)

—너를 집어삼킬지도 몰라
—(끄덕끄덕)

너의 작은 몸짓에 따라 내 몸이 반짝인다
산 아래까지 어둠이 깔리면 꼭 안고 잠에 들자
그 아무도 우리를 볼 수 없도록

호흡하는 것들

영혼은 수를 따질 수 없어서
그 무게 또한 없다

가쁜 숨은 단지 육신이 젊어진 몫이다

죽음은 영원한 자유로부터의 생이며
뉘우친 몫에 더이상 죄책감을 가질 필요는 없다

당신은 충분했다
지금 이곳에는 아무것도 없다

사랑하고 싶은 밤

모퉁이를 돌아 마주친 그 사람의 모습은
그 자체만으로도 충분히 아름다웠다

물도 많이 먹었고 사랑도 많이 먹었다

그래서 사무치게 외로운 밤이었다

외로움을 갉아먹고 싶은 밤이었다

순간을 복사하고 싶다
두고두고 나만 꺼내보고 싶다

평범한 날

오늘의 기분을 말해보려 합니다.
많이도 아팠습니다. 며칠간 계속된 고된 노동에 손가락 끝마저 힘이 안 들어갔을 때에도 이것보다는 아니었습니다. 드러나는 상처가 아닌 똬리를 틀어가는 뱀처럼 깊은 내면의 일이기에 더 그랬을 수도 있습니다. 차라리 겉으로 드러났다면 얼마나 좋을까요. 지금 나의 상태라면 당신의 눈빛이 한낱 동정뿐일지라도 감사히 받아드릴 텐데요. 처음 보는 사람이 가만히 두 팔을 벌려준다면 그 품에 꽉 안겨 서럽게 울어버릴 텐데요.

마음으로 행한 일에 미움 섞인 말을 들었고 뜻하지 않은 오랜 친구의 실수로 누군가의 입방아에 오르내리기도 했고 아버지의 눈물과 그 끝을 보았습니다. 그저 당연하다는 듯이 받아들여야만 했습니다.

듣고 있어야만 했고, 보고 있어야만 했고, 닫고 있어야만 했습니다. 나에게는 그 어떠한 결정권도 주어지지 않았습니다. 그럼에도 불구하고 자동차 경적, 고양이의 울음, 어머니의 긴 인고의 세월은 나의 옹졸한 마음을 비워내게 하는 감사함이었습니다.

아무 생각 없이 여행을 떠나고 싶습니다.
가까운 곳이든 먼 곳이든, 그저 어딘가로 떠나고 싶습니다. 이곳만 벗어나면 모든 게 괜찮아질 것 같습니다. 여정을 끝마치고 돌아오면 더 많은 서류 더미와 새로운 인연에 치일 게 분명하지만 지금은 그러고 싶습니다.

늦은 아침에 일어나 시리얼과 사과가 듬뿍 담긴 요거트를 먹고 싶습니다. 짧은 식사 후 다시 침실로 기어들어가 잠을 자고 싶습니다. 늦은 오후에 게으름을 피우다 달을 조명 삼아 밤새 책을 읽고 싶습니다. 노래를 쓰고, 하루가 아파 잠 못 이루는 어떤이의 자장가가 되어주고 싶습니다.

그렇게 사랑하고 싶습니다.
그렇게 치유하고 싶습니다.

극의 계절

사랑은
자연의 흐름도 반反한 채
수시로
계절의 온도를 바꿨다

완연한 여름은
심장까지 얼어붙게 만들었다
몸은 땀에 절고 속은 얼음장처럼 차가워
그해 여름은 내내 몸살에 치여 보냈다

무엇이 그토록 나를 아프게 했는지를 망각하고
마땅히 받아야 할 벌인 마냥 겸허히 받아들이고
죽을 것처럼 앓았다

완연한 겨울은

심장이 내내 요란스럽게 들끓었다
손등이 터 갈라진 살결을 타고 피가 고이기 일쑤였
지만,
묵직한 진동을 내며
속으로 타고 넘어온 사랑은
그해 겨울을 잔잔한 울림으로 가득 채웠다

꽃을 피웠다

각자의 삶

나는 너의 시집살이를 하지 않을 거야 여태껏 수도 없이 말했지만 내가 그곳에 가려는 단 하나의 이유는 자유로워지기 위해서야 고립된 섬으로 자유를 찾아 떠나간다는 건 살짝 많이 모순된 말일 수도 있지만, 처음으로 가지게 된 내 꿈을 짓밟지 말아줘 참 많이 돌고 돌아 겨우 안착한 내 열망에 찬물을 끼얹지 말아줘
균열을 일으키지 않기를 바라 아직은 미처 안정되지 않은 내 틈을 억지로 벌려 들어오려 한다면 정말 가만두지 않을 거야 이날을 위해 내 모든 것을 건만큼 이제 나에겐 그 어떠한 두려움도 없어 제발 부탁이야

그땐 내가 그러겠습니다

하얗고 탁해서 좋았다
해묵은 나를 잘 닦아주다가도 떠날 때는 뒤도 안 돌아보고 갔다 미련도 안 남기고 떠난 그 자리에는 묵은 먼지만 제 갈 길을 찾지 못한 채 쓸쓸히 허공을 헤맸다 그리고 그것도 얼마 못 가 이내 곧 가라앉았다

자칫 예의 없을 뻔한 상황에 축축한 손을 건네던 나를 말려주었고 나의 치부를 말없이 가려주었다
엄밀히 말하면 묵묵히 인내했으리라

그곳은 참 많이 추악하고도 솔직했을 것이다 나도 쉽게 꺼내보지 못한 그곳을 하루에도 여러 번, 꽤 많은 시간을 투자했다 오로지 나를 위해서 단지 나라는 이유 하나만으로 해 질 녘 하루를 마치고 돌

아가는 길 오늘 괜한 말을 너무 많이 한 것 같아 후련해야 할 속이 오히려 무거운 짐을 짊어진 것마냥 답답하고, 그 맘이 계속 지속되어 사람을 안 만난 것만도 못한 기분처럼 마지막 모습은 살짝 스치기만 해도 펑 하고 터질 듯 위태로워 보였지만 꽤나 단단해 보였다 물기를 머금은 화장실 세면대 위의 두루마리 휴지처럼

그렇게 희생했다
너덜너덜해진 몸을 이끌고 집에 오니 방 한 귀퉁이에 물기를 짠 수건이 놓여있다 비염이 심해 매일 밤 밤잠 설치는 아들을 위한 어머니의 작은 배려일 것이다 늘어지다 못해 축 처진 꼴이 참 처량하다 그리고 고맙다 아리다 그러다 문득 떠오른다 방 안에 먹먹함이 차오른다 그러고는 다시 떠오른다 서

서히 습기가 걷히고 스르륵 잠이 온다

완전히 빠져들기 전 다짐한다
그땐 내가 그러겠노라고 허전함을 걷어내 주겠다고
허전함이 빠져나간 허전한 그곳에- 또 다른 허전함
이 들어찬 - 그리움을 널어두고 오겠다고

운현궁

삶에 애착을 가졌던 사랑아
그대와 함께하는 그 찰나의 순간 동안
참 많은 것들이 오고 갔다네

돌담길에 핀 도라지꽃도
고즈넉한 오후의 고궁도
어지럽게 늘어진 길 위의 그림제도

삶에 집착했던 사람아
나와 함께하는 찰나의 순간조차
그대에게는 억겁의 시간과도 같았겠지
그것은 불교의 억겁의 영원과는
전혀 다른 것이라고 생각되오

심드렁하게 앉아 있는 노인도

오랜만에 찾아갔지만
이제는 빈 공터만 남은 골목 끝 책방도
손 한 뼘으로 가려지는 아주 작은 창문도

그렇게 우리는
우리도 모르게 죽음의 문턱을
수도 없이 오갔을 것이오

삶이 조금 느슨해졌을 때
그래서 강한 끌림이 꿈틀거릴 때
운현궁에서 다시 만나 자오

볕이 따가우면 노락당 마루에 걸터앉아
명지바람 풀어 넣은 차 한잔 마시며
사랑을 끼적이고

힘껏 손을 뻗어도 아득한 하늘이면
이로당 뒤뜰 안쪽의 돌기둥에 몸을 기댄 채 눈을
감고
이별을 속삭입시다

다시 만날 때까지 부디 몸 건강히 지내시오

시 같은 밤

가만히 있으면 불안할 때가 있다. 그런 시기가 찾아오면 괜히 이곳저곳을 쏘다니며 무엇이라도 해보려 기를 쓴다. 마음'만' 급한 탓에 어느 것 하나 끈기 있게 해내지 못해 남는 건 늘 아쉬움뿐이다. 헛헛한 마음에 결국 또다시 검정 펜을 집어 든다. 타인의 생각을 한자 한자 적다 보면 견디지 못할 것만 같았던 처음의 외로움이 어느새 찰나의 순간임을 깨닫고 다시금 마음을 다잡는다. 참 풍성한 밤이다. 시 같은 밤이다.

그대가 주는 것

넌지시 건네 온 괜찮냐는 당신의 한마디에 숨 가쁘게 살아온 내 삶이 가엾어 그간 꾸역꾸역 집어삼킨 설움을 토해냈다. 차곡차곡 튼튼하게 잘 쌓아 올렸다고 생각했는데 당신의 한마디에 우르르 무너져내린 마음들을 보니 나 참 위로받고 싶었나 보다.

볼품없도록

울컥임이었다.

일주일 사이 몸무게가 4킬로그램 남짓 빠진 덕분에 30도를 웃도는 요즘 날씨가 내겐 선선한 더위일 뿐이었다. 진득한데도 보드라워 후하면 가실 것만 같은.

한번 물꼬를 튼 안 좋은 일은 꼬리에 꼬리를 물어 걷잡을 수 없이 불어났고 근래 들어 오늘은 자다가 깨 부스스한 사고마저 집어삼키기에 충분한 충돌이었다. 미처 달아나지 못한 애석한 녀석을 더는 도망 못 가게 꽁꽁 둘러 싸매고 둔한 몸을 이끌어 수도를 틀었다. 목욕하기 딱 좋은 날이다. 뿌옇게 피어오르는 수증기와 줄어드는 공기에 호흡을 가삐 하는 폐가 아슬아슬 신경전을 이어갔고 지금 상태라면 이대로 죽어도 좋을 것 같은 기분이 들었을 때, 목구멍으로 빠르고 정확한 무언가가 파고들어 몹시 고통스러웠고 영원히 욕실 문이 열리지 않았으면 했다. 이대로 누군가 밖에서 문을 잠가주기를 바랐다.

문을 열자마자 빠져나가는 수증기와 차츰 안정을 찾아가는 호흡. 그리고 몽롱함이 떠난 뒤에 찾아오는 또렷함. 깔끔하게 정리된 가구들. 냉장고에 붙여놓은 레시피. 각종 영수증. 갈증. 잠시 잊고 있던 현실이 열리면 영면은 닫히고, 겨우 잇고 있던 그마저의 꿈이 흐릿해지고. 잃고 있다. 내가 살아가야 하는 의미를. 걷어내야만 한다. 죽어가는 나를. 찾고 있다. 살아야 한다.

아무것에도 흥미가 나지 않는다.
지금 아프더라도 가만히 그저 이렇게만 있어 주기를. 손으로 잡히지 않는 아주 작은 것도 밀려오지 않기를. 그 속에 커다란 해일을 품고 있어도, 그것이 결국엔 우리를 집어삼키더라도 지금 당장 수면 위는 고요하기를. 그러다 갑자기 예고 없이 찾아오기를. 흔적도 없이 다 앗아가기를. 이제는 아무것도 없는 고요한 그 땅 위에 홀씨가 날아들어 작은 씨앗이 자리 잡기를. 한번 물꼬를 튼 생명이 꼬리에 꼬리에 꼬리를 물어 걷잡을 수 없이 불어나기를.

한차례 폭풍이 걷히고 고요해진 바다. 그 앞에 눈을 뜬 생명의 기운. 아주 오랜 시간이 흘러 튼튼하게 잘 자라준 나무들에 숲이 울창해지면 그 어떠한 파도가 성을 내도 끄떡없기를.

가늠할 수 없는 오랜 인내에 감사함을.

그 곳

발가벗겨진 몸으로 서늘한 숲길을 헤매다 '나'를 만났다 낯선 '나'의 눈을 쳐다봤다 낯선 향을 맡았다 입을 맞췄다 뜨겁게 안았다

얇은 팔목에 채워진 손목시계의 초침은 오후 2시를 가리키지만, 이 공간의 시간은 이리저리 마구 흐트러져있다 내가 숨어들어 간 이곳은 시계가 별반 필요치 않다 어둠이 숲을 파헤쳐놓았고 짐승의 사체가 곳곳에 널브러져 있다 호흡할 때마다 보이지 않는 것들의 거친 숨소리가 겹쳐 들린다

이곳만큼은 생명의 축복이 예외인 곳이다 당연시됐던 양지의 푸르른 꽃잎 하나 찾아볼 수 없고 뾰족한 가지들만이 가시를 세운 채로 쉬이 숲에 발을 들이는 침략자들로부터 몸을 보호할 뿐이다 그 심

신이 앙상하다 어둠을 만든 이는 바로 나요, 공포를 극대화해준 것은 그들이어라 한 치의 의심도 있을 수 없는 가장 완벽한 착시이다

이곳은 모두가 입을 모아 외치는 환상적인 바깥세상과는 한참 동떨어져 있다 우월한 것도 뒤처지는 것도 없다 빠르지도 않고 느리지도 않다 숲의 주인들은 암묵적인 그들만의 법칙으로 꾸준히 생을 영위한다 모자라지도 가득하지도 않은, 지극히 적당한 양으로 숲을 꾸려나간다

물론 이곳에서도 규칙은 존재한다 흘러가는 것은 중앙 목木에서 좌측으로 45도 틀어 371보 걸어가면 나오는 산수山水요 반짝이는 것은 초침이 여섯을 가리키는, 어둠이 배가 되는 시의 산수山獸의 눈동

자이어라

나는 이곳에 자진하여 스스로 가둔 '나'의 탈출을 도와야 할 의무 따위는 없다 '나'가 굳이 그럴 필요가 없다 한다면, 나는 '나'에게 나를 맞출 것이다 울창하게 우거진 칠흑 안에서 '나'와 함께 빛을 낼 것이다 광명은 수많은 세상 가운데 하나이지, 악착같이 내가 따라야 할 세상이 아니다 난 더 깊은 곳으로 찾아 들어가 새로운 광명을 찾을 것이다 곳곳에 퍼져있는 '나'를 만날 것이다

그득그득 낀 이끼에 한 걸음 내딛는 것조차 버겁다 무성히 번진 넝쿨이 팔다리를 휘감아 전진하는 몸을 가둔다 역시 숲에는 쉬운 것 하나 없다 이토록 빈곤한 곳일지라도 기필코 나는 꽃을 피울 것이다

그 꽃은 색도 향기도 생김새도 그 어떠한 단서도 없다 이곳에서는 잣대 따윈 중요하지 않다 오로지 나와 '나', 하나만 오롯이 존재할 뿐이다

평대리 어촌계

어차피 당신은 세상이 품어줄 테니 당신은 그 아름다움을 새기고 세상을 담으면 돼요. 자로 잰 듯, 한 치의 흐트러짐 없는 수평선이 나의 내일이었으면 좋겠다고 생각했다. 지금 내 눈앞의 세상은 이리도 평온한데 여전히 등 뒤로는 숨 막히는 현실이 내달리고 있다. 두 공간이 교차하는 이곳에 내가 누워있다. 나는 자진해서 거리로 내몰렸지만 그럼에 행복하다. 나중의 나는 이럴 용기가 없다는 것을 현재의 나는 매우 잘 안다. 그러기 위해서 조금은 단단해질 필요가 있다. 이 순간이 과거가 되는 찰나의 면마저 사랑한다. 시간이 없다. 늦장 부리기에 세상은 끊임없이 새로운 아름다움을 뿜어낸다. 햇빛에 반사되어 빠르게 스쳐 지나간 순간은 절대 다시 올 수 없다. 여행은 내게 후회할 시간조차 쥐여 주지 않는다. 그저 이 아름다움을 얼른 새기라고 덤덤히 말을 걸어온다. 길 위의 삶은 위험하지만 그만큼 부드러운 보호막도 없다. 지금 당장!

그림자 꽃

어둠 속에서도 잘 자라고 있구나
그 작은 몸으로 꿋꿋이 살아내고 있구나

제주, 그 어디쯤

지금으로부터 21개월 전. 짤막한 인생 끝자락, 마음 곳곳이 움푹 파여 더이상 추락할 것도 없었기에 겨우 용기를 내 찾아간 곳이었다. 내 방의 시계는 수명이 다 달아 멍청하게 돌아갔고 이내 고장이나 초침은 걸음을 멈췄다. 의미 없는 시간만 지질지질 끌려갈 뿐이다.

방 안은 천장에서 샌 빗물로 눅눅했고 곰팡이가 슬어 퀴퀴한 냄새가 진동했다. 암막 커튼 사이로 새어 들어오는 아주 가느다란 햇빛에 모습을 드러낸 벽지는 얼룩덜룩했다. 참혹하다. 구역질이 난다.

진득한 가을, 한낮의 선선한 바람도. 수줍은 봄, 만개한 정원의 벚나무도. 아무 소용이 없었다. 창문을 열어 코를 들이박는 것도 꽃잎을 향해 손을 뻗는 것도 더이상 내 것이 아니었다. 나와는 완전히 다른 세상이었다. 그렇게 외부와 철저히 단절된 채, 나는 스스로 파놓은 구덩이에서 1년 하고도 9개월을 죽어있었다. 한없이 말라가는 나를 계속해서 부정했다. 생生이라는 신음을 토해냈다.

인간은 사회적 동물이라고 누군가 말하지 않았던가. 아주 오랜만에 마주한 세상이었다. 눈에 보이는 전부를 의심하고 살아있는 모든 것을 경계했다. 가장 무서운 것은 또렷한 눈동자였으며, 가장 어려운 것은 뚜렷한 말솜씨였다. 하루하루를 사는 게 아니라 살아냈다. 엄밀히 말하면 빼팅기고 있었다. 무언가 강력한 한 방이 필요했다. 그렇지 않으면 반전은 영원히 없다.

그래서 선택한 곳이 제주였다. 움푹 파인 마음에 지독하게 끼인 것들을 긁어내고 삶의 이유를 채워 넣어야 했다. 하루, 이틀, 보름, 한 달. 그렇게 꼬박 달의 반을 걸었다. 발가락에서 시작된 물집은 발바닥 중앙까지 퍼졌고, 따가운 가을의 햇볕은 얼굴부터 시작해 귓바퀴를 타고 넘어 손가락까지 화상을 입혔다. 만나는 사람마다 이 푹푹 찌는 날씨에 왜 새까만 장갑을 끼고 있냐고 물어볼 정도면 말 다 했다. 내일 올라야 할 오름을 걱정했고, 채 마르지 못한 빨래를 재촉했다. 제주의 청명한 날씨는 최고의 하루를 선사했다. 매일 밤 내가 대비해야 할 것은 두 벌의 속옷과 편한 운동화. 그리고 물집을 터뜨릴 반짇고리와 연고, 패드였다. 너덜너덜해진 마음도, 사람도 아니었다.

결코 짧지 않은 거리의 올레를 걸을 때면 많지는 않아도 적게나마 간간이 사람을 만났다. 그 혹은 그녀를 대하기란 생각보다 쉬웠다. 이미 난 더위와 오랜 걸음에 지쳐있었으며 길 위에서 만난 사람에게 그 이상으로 할 말도, 그렇다고 못 할 말도 없었다. 가벼운 인사만으로도 충분했고 감귤 한 알로 마음은 전해졌다. 며칠을 같은 방에서 뒹굴다가도 연락처 하나 주고받지 않고 헤어지는 것이 얼마나 낭만적인가. 몸 조심히 여행을 마치라는 그 한마디가 어쭙잖게 던진 열 마디 말보다 사람 냄새가 진하게 나지 않는가. 나는 여행자를 사랑한다.

훗날 생이란 촛불이 다 타버려 꺼질 듯 말 듯 위태롭게 흔들릴 때, 뚜렷한 눈동자로 또렷하게 말할 것이다. 평탄하지는 않아도 꽤 재밌는 삶이었다고.

내 -만큼만 열렬히 살고 -처럼만 살지 않으면 된다고. 지금 당장 눈앞의 것만 보기보다는 마음 구석구석을 살피라고. 그렇다면 넌 참 괜찮은 삶을 살아가게 될 것이라고.

내게 2014년의 가을은 지독하게 찬란한 아픔이었다. 삶이 베일 듯이 혹독한 추위의 연속이었다. 묵은 가지를 잘라내고 썩은 가지는 그대로 두었다. 싹을 틔웠고, 꽃이 활짝 피기를 간절히 바랐다.

어느 날 좋은 날, 제주가 성큼 나에게 다가와 선물을 주었다.

남쪽에서 부는 바람

남쪽에서 바람이 불어오면
나의 님께 전해주세요!
나는 아주 잘 지내고 있으니 염려 말라고
당신의 안녕을 빌며 달력을 넘기다 보면
언젠간 우리 꼭 다시 만나는 날이 올 거라고

후정後庭

자연이 주는 건강한 선물
오고 가는 꾸밈없는 대화
그런 일상이라면 눈먼 밤도 두렵지 않으리
온유한 날의 연속이기를
저 담 너머로 무한한 명일이 열려있기를
찬란히 꽃 피운 화계에 황홀하기를

관계에 대한 기록

뜻밖에 봄은 내게 아주 많은 영감을 준다 동기를 부여하고 생기를 불어넣는다 지난날의 우연은 애당초 주어진 필연일지도 모른다 불분명한 이 관계에 대해 강하게 피력한다

세상의 눈을 피해 산다는 것은

그녀에게서 당신의 사고 소식을 들었어요.
그 새벽에 당신을 둘러업고 간 것은 나지만, 이미 반쯤 정신을 잃은 당신이 그것을 기억이나 할까요? 닷새 전만 해도 차 안에서 눈빛으로 속삭이던 우리였는데 그 짧은 사이에 이런 말도 안 되는 일이 벌어지다니요.
불행 중 다행일까요? 하필 그 소식을 그녀에게서 들어야 하는 절망적인 나의 기분을 당신은 가늠할 수 없을 거예요. 헤아리려 애쓰지 말아요. 두 번 다신 연락하지 않겠다고 마음먹었는데, 생각만으로도 치가 떨리는 그녀를 어느새 나는 위로하고 있더군요. 수일이 지났어도 그날의 치욕스러움은 여전히 그대로인데 말이에요.
—괜찮습니다. 제가 병원에서 연락드릴 테니 걱정 마세요. 어떠한 일도 일어나지 않아요.

은밀했던 우리만의 공간은, 이젠 숨 쉬는 것조차 허용되지 않는 공간이 됐고 긴장감으로 가득 찬 자동차에서 내 귀는 오로지 당신의 희미한 숨소리에만 집중해야 했어요. 도대체 왜 이렇게 됐나요? 초점 없는 눈동자와 퉁퉁 부은 눈, 어그러진 턱, 짐승의 것과도 같은 거친 숨소리. 점점 선명해지는 붉은 것. 그간 당신이 내게 보여준 모습은 이런 게 아니잖아요. **그래도 여전히 아름다워요.**

병원에 도착하자마자 의료진의 응급처치가 시작됐고 깡마른 몸에 수많은 호스와 주삿바늘이 끼워졌어요. 당신이 정말 잘 버텨준 것에 감사해요. **이제부터는 신의 가호가 있기를.**

사흘을 밤낮 없이 보냈어요. 짤막짤막 순간의 기억은 있는데 그마저도 빠르게 흩어져버려요. 안개 자욱한 새벽의 숲길을 걷는 기분이에요. 예상했던 것보다도 훨씬 더 심각하다는 의사의 말에 절망하지 않았어요. 담담해야 했고 결단력이 필요했어요. **지금 내가 당신만큼 힘이 들까요?**

다음 날로 바로 수술을 잡고 경황이 없어 미처 연락하지 못했던 그녀에게 전화를 걸었어요. 독이 잔뜩 껴있던 목소리는 진득하게 엉겨 붙어있던 것이 빠져나가 힘을 잃은 채 파르르 떨렸죠. 그러나 이내 입술이 떨어지기가 무섭게 가시를 세우고 크게 부풀었어요. **역시 그녀는 변함이 없네요. 그 한결같음에 경의를 표합니다.**

결국, 당신은 그녀에게 가버렸습니다.

그녀가 오기 전 마지막으로 급하게 당신을 찾아갔지요. 오늘이 지나면 더는 볼 수 없다는 것을 너무나도 잘 알기에 그간 겨우 참아왔던 것들이 넘쳐흘

렸습니다. 천천히 당신을 눈으로 담고 가슴으로 새겼습니다. 당신의 머리를 쓸어 넘겨주었습니다. 손을 잡았습니다. 등을 두들겨주었습니다. 별것 아닌 것을 왜 그토록 어려워했던 건지. 당신은 내가 생각했던 것보다 훨씬 더 따뜻했습니다. 뜨거웠습니다. 며칠이 지났는데도 그날의 온기가 잊히지 않습니다. 오히려 손에 착 달라붙어 틈을 비집고 들어옵니다. 너무나도 선명하게 피어올라 가슴이 아릿합니다. 더위 때문일까도 생각했지만, 그것은 아닌 것 같습니다. 다행입니다.

사실 당신만큼이나 나도 참 많이 아팠습니다. 힘들었습니다. 버텨왔습니다. 너무 미운 그녀지만, 그녀도 분명 그럴 것입니다.

내 속에서 진하게 번져가기를.

번지다 못해 다 태워버리기를.

건강하게 살아가기를.

세상의 눈은 참 차가웠지요. 겨울의 추위와는 또 다른 것이었어요. 일 년이 하루라면 얼마나 좋을까요? 당신과 내가 한 공간에 있는 모습을 늘 상상했어요. 당신을 향한 나의 마음은 단 한순간도 거짓됨이 없었고 매 순간 진지했어요.

당신은 앞으로도 아름다울 거예요.

그는 걱정 말아요.

Island of Romance

자요?
잘 자요

나의 밤에 그대라는 바람이 불면

고래의 꿈

고래가 나오는 꿈을 꿨다
눈을 떠보니 사방이 온통 깜깜한 심해 속이었다 저 멀리 옅은 빛이 보이는 듯했다 조심조심 빛이 뿜어져 나오는 곳을 향해 헤엄쳤다 꿈은 참 신기하다 무의식의 세계는 나를 조금 많이 유연하게 만든다 얼마나 갔을까? 아주 조금 숨이 가쁘다 빛의 크기는 아까보다 커졌고 세기는 거리에 동요하지 않는다 은은한 반짝임 너머로 검은 그림자가 낮게 깔려 있다 빛은 부드러운 곡선을 이루었고 그 주위로 주변의 것들이 이리저리 떠다닌다 그것은 모래이고 아주 작은 생명이고 허락 없이 영역을 침범한 인간이다 그 크기가 숨 막힐 정도로 압도적이어서 가장 가까이에 있는 바위 뒤로 조용하지만 재빠르게 몸을 숨겼다

쉬이이이 쉬이이이
미처 존재를 확인하지 못한 거대한 것의 고른 숨소리를 가만히 듣고 있자니 독기를 품은 몸뚱어리가 차분해진다 그 포근한 느낌에 이끌려 서서히 빨려 들어간다 아무런 미동 없이 떠 있다 너의 눈동자는 이곳과는 아주 멀리 떨어져 있는 밤하늘의 별처럼 깊은 곳에서 은은히 반짝인다 살아있는 것들의 좌표가 된다 너의 숨은 실바람 되어 곳곳을 누빈다 눈감은 것에게 마지막 인사를 건넨다 너의 미소는 말갛다 그 안에 빠져 죽고 싶다 따뜻하고 매끈한 몸을 쓰다듬고 커다란 날개를 감쌌다 그런 나를 넌 꼬옥 안아주었다 너의 등에 올라타 하염없이 바다를 유영했다

다시 한번 눈을 떴다 잠에서 깬 방의 시간은 어둠

의 한가운데에 멈춰있었고 베갯잇은 내내 흘린 눈물로 축축했다 몇 번을 눈을 꽉 감았다가 떴다를 반복했다 갈수록 정신은 말짱해졌고 끝없이 절망했다 그날을 끝으로 다시는 볼 수 없었다 생생한 그 날의 모든 것이 꿈속의 꿈처럼 느껴졌다 애초에 꿈이었지만

내가 너를 찾아갈 수 없다면 네가 나를 찾아오도록 만들면 된다 그날부터 한두 마리씩 고래를 들여왔다 어느새 작은 집은 고래들로 가득 찼다 공간을 인간에게 맞추지 않고 인간을 공간에 담기 시작했다 비우는 연습으로 일구어낸 공간은 이제 제법 자연스러워졌고 푸르렀다

내 방의 중심에는 아직 주인을 찾지 못한 커다란

빈자리가 남아있다 천천히 돌고 돌아 찾아오거라
나를 품어준 그 날처럼 나 역시 그럴 테니 여전히
나는 너를 놓지 않았다 뜨겁게 남겨 두었다

아프지 마라 끊임없이 나아가라

무계획이 계획

인간이 느끼는 시간은 자연이 가지는 시간보다 대략 반 계절쯤 더디다 인간이 완연한 계절이 왔다는 것을 깨달으면 꽃들은 이미 자신의 몸을 힘차게 내던지고는 다음 계절을 준비하고 난 뒤다 나는 모든 면에 둔했고 그래서 멀어지는 걸 바라보는 일 말고는 할 수 있는 게 아무것도 없었으며 처음은 찬란했지만, 마지막엔 항상 열병을 앓았다

고로 나는 매 순간 길가의 것들에 예민했으며 불안이 극에 달할 때면 야생으로 들어가 생명의 원초적 근원을 찾으려 안간힘을 썼다 그래도 성에 차지 않으면 생소한 동네로 숨어들어 그 어떠한 움직임도 행하지 않았다 꼿꼿이 선 목을 가리고는 두 눈을 부릅떴다

계절의 온도와 관계없이 얼어 죽을 것처럼 추웠고 금방이라도 타버릴 듯이 아팠다 급작스러운 온도 변화에 사지가 흐물거리다 못해 끈적거리는 액체로 녹아버렸고 뇌는 영양가 없이 쪼그라들었다

영원을 바랐지만 사死의 바람은 하루에도 수십 번씩 불어왔으며 밤은 심지가 다한 촛대처럼 생生을 위협했다 그럴수록 삶에 대한 나의 노래는 점점 더 풍부해졌으며 죽음 또한 똬리를 틀고 곁에 상주했다 이것을 외롭다 하지 않다고 해야 할까 변하지 않는다면 절친한 벗으로 받아들이는 편이 나을까

생이란, 전생의 업보일 것으로 생각하며 여태껏 그렇게 살아왔다 정녕 맞다면 감사하며 살아야 할까 아니면 최대한 고통스럽게 견뎌내야 할까 내가 할

수 있는 게 과연 무엇일까 매일이 고통의 연속이다 간혹 행복이 움트기라도 하면 어쩔 줄 몰라하다 결국 놓치고 만다 반복되는 둔리의 과정 또한 마땅히 받아야 하는 벌들 가운데 하나일까 매 순간 질문을 던지고 다시 받는다 모든 과정은 일련의 시작이다 그 끝은 그 끝은

자연의 시간은 인간의 시간을 돌볼 줄 아는 현명賢明을 가지며 시간을 거스르려는 우둔한 일부에게 현명懸命할 줄 안다 재생의 시간은 거대한 자연에도 기나긴 고통의 인내이며 흥미로운 현안이다 그 끝은 그 끝은

꽃이 활짝 피어오른다 닫힌 봉우리가 서서히 고개를 들며 새로운 세상을 노래한다 절정의 봄을 찬양

한다 그 푸른빛의 고운 선으로 향기를 풍긴다 어떤 이의 마음을 훔친다 세상을 간질인다 다시금 생이 뛴다 그 뒤를 사가 쫓는다
그 끝은 그 끝은

조화로워

나는 걸음이 느리다. 걸음이 느린 내가 걷는다. 좁다란 인도를 나는 느리게 걸어가는 중이다. 성큼성큼. 그 거리를 가늠할 수 없다. 느릿느릿 겨우 한 걸음씩 떼고 있는 거북이는 괜한 조바심이 난다. 전셋집의 만기일이 얼마 남지 않아 당장 새로운 집을 구해야 하는 건지 토끼들의 대화에도 가쁜 한숨소리가 섞인다.

—마음은 빠르게 재촉하는데 왜 발은 더 느려지는 거니? 집까지 몇 걸음이나 남았지?

—이 넓은 세상, 내 몸 하나 뉠 곳이 없구나. 빠르게 흐르는 세월을 잡을 길이 없구나.

—내 맘 하나 기댈 곳이 없어.

고단했던 날에 해가 저물고 지친 마음에 거친 밤이 휘몰아친다. 소란스러운 하루의 끝에 달이 차오른다. 평화로운 달은 뽀얀 빛을 세상 곳곳에 뿌려준다. 어느 것 하나 그 부드러운 손길이 안 닿은 곳이 없다. 빛이 스쳐 지나간 자리엔 윤기가 나고 달큼한 향이 맴돈다. 온화롭다. 몸이 따뜻해진다. 맘이 뜨거워진다.

다시 용기를 내본다. 다시 내일이 되면 닳겠지만, 다시 용기를 내본다. 달이 있어 참 다행이다. 그간 외면해왔던 내 마음을 자세히 돌볼 수 있어서. 어여쁜 내 얼굴을 빤히 들여다볼 수 있어서. 굳은살이 배기고 마침내 웃음을 머금는다.

토끼와 거북이의 간격이 점차 줄어들고 이내 곧 서로의 손이 포개진다. 아름다운 날이다. 오늘만큼 온순한 밤도 없을 것이다. 분명 앞으로도 그럴 것이다.

제각기, 분명한 고귀함

다그치면서까지 눈물을 참을 필요 없잖아
그대, 모든 아픔에 이유가 있듯이

스스로에 엄격해질 수는 없어
그대, 존재함에 부정할 이유가 없듯이

그대가 모든 문제의 정답인 것처럼

이토록 삶은

아주 섬세한 칼로

세심한 나의 손길로

너에게 박힐 수만 있다면

숨이 멎기 직전의 그 고통을

네가 참아준다면

수백 개의 선율이 우리를 감싸고

그렇게 우린 아름다운 고통에서

영원히 헤엄칠 텐데

바다가 온통 붉은빛을 띠면

그렇게 우린 무의식으로

Epilogue

그대에게.

봄이 왔습니다.
여름이 왔습니다.
가을이 왔습니다.
겨울이 왔습니다.
다시 또 봄이 왔습니다.
영예로움은 계속되겠지요.

수많은 감정이, 말이, 상황이 오갔습니다.
개중에는 잠시 머무른 것도, 정착한 것도, 철저히 떠난 것도 있습니다.

인간의 것들은 사계절을 감쌌습니다.
몇십 번의 계절이 재생되었고 재생되었으며 재생되고 있습니다.
어느새 자연은 인간은 8.806번째 어루만지고 있

었습니다.

삶의 좌표는 행복에 국한되지 않습니다.
분노 역시 세게 끌어안아야 합니다.
음지의 낯선 것들은 겹겹이 쌓여 때때로 우리를 잣대라는 차가운 별 안에 가두기도 하지만 청명한 민낯을 보여줌으로써 결국 0의 우주로 인도합니다.

생은 반드시 막을 내립니다.
그날을 두려워하십시오. 지금 순간을 최대한 만끽하십시오.
변화와 적응, 반복, 자연스러움. 그것 또한 인간이 가질 수 있는 축복입니다.

때때로 우리는 분노할 필요가 있습니다.
부디 편안한 밤 되십시오.

-2017/2/15 종렬-

종렬

나의 애증하는 아버지

goodnitexss@naver.com

모든 불안은 밤으로부터 왔다

2018년 1월 5일 1판 1쇄 발행

2022년 11월 25일 1판 3쇄 발행

지 은 이 종렬

발 행 인 이상영

편 집 장 서상민

편 집 인 채지선, 한성옥

디 자 인 전가람, 오윤하

마 케 팅 박진솔

펴 낸 곳 디자인이음

등 록 일 2009년 2월 4일:제300-2009-10호

주 소 서울시 종로구 효자동 62

전 화 02-723-2556

메 일 designeum@naver.com

blog.naver.com/designeum

instagram.com/design_eum

*잘못된 책은 바꾸어 드립니다.